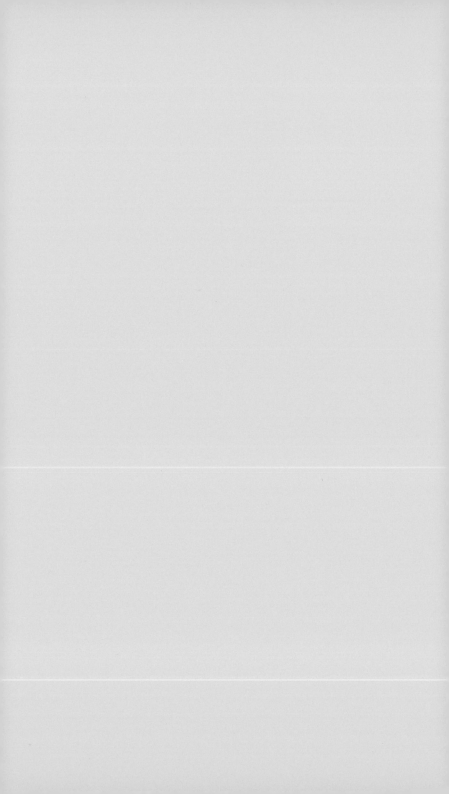

답십리 그 집

답십리 그 집

오영옥 시집

도서출판 **책마루**

자서

골목길과 맞닿은 초록색 대문을 열면

오래된 감나무에 감꽃이 피어

저녁 무렵이면 마당을 환하게 비추었다

여름 해가 짧았던 답십리 그 집

오늘도 그리운 어머니

그 시절 함께 했던

가족들에게 이 시집을 드리고 싶습니다.

차례

2부
그리움을 베끼다

3부
당신은 혼자가 아닙니다

4부
꽃비가 내립니다

1부

수선화

수선화

사진 속 웃는 모습
수선화를 닮은 것 같아요

당신을 생각합니다
꽃잎 하나 사뿐히 떨어집니다

한겨울 찬물로 맨손 빨래하던 손등은
붉다 못해 푸른색이었습니다

어느 겨울날인가요
처음으로 연탄이 채워진 광을 들여다보며
입가에 미소 짓던 모습

마루에 쌀자루 쌓아놓을 수 있으면
환하게 웃던 모습

그 시절 당신은 얼마나 젊었을까요

당신 이름을 수선화라고 하겠습니다

노을이 소나무에 내려앉았습니다
새 한 마리 잔가지 흔들어 놓고 날아갑니다

바람이 당신 목소리 되어 들려옵니다

첫눈 오던 날

일기예보에 오늘 비가 온다고 한다

오전 내내 연무가 내려앉은 도시에
가랑눈이 뿌려지기 시작한다

바람이 휘몰아치더니
그새 함박눈으로 변하여 운동장에 쌓인다

아이들은 환호하며 밖으로 뛰쳐나와 뒹군다

함박눈 쌓여가는 설악산을 잠깐 생각한다

눈발은 다시 싸라기눈으로 바뀌다가
무대 휘장 닫은 듯 사라지더니 빗물 되어 스며든다
운동장엔 어디에도 눈의 흔적이 없다

눈사람 만들 생각에 마음이 들떴던 아이들은
가뭇없이 사라진 눈을 두리번거리며 찾는다
불현듯 밀려드는 어둠에 빗줄기가 되어 내린다

가랑눈 함박눈 싸라기눈 비
눈앞 풍경이 마법 같던 하루였다

지구를 반 바퀴 돌다

창가에 음료수병
햇살에 물방울이 돋보기 되어
성분표가 눈에 들어온다

국산 정제수, 혼합 농축액
이스라엘산 구연산, 사과청, 천연향료
칠레산 정제소금
미국산 염화칼륨
말레시아산 요소처리 루틴
그 외

배열의 규칙을 찾으려 해도 알아낼 수 없다

성분과 국가를 생각하며 지구본을 꺼내
음료수 한 병에 들어 있는 여행길 쫓다 보니
몇 개 나라를 거쳐 지구 반 바퀴 돌았다

이 작은 한 병에
내가 가보지 못한 나라 사람들 이야기가 들어 있다

한가한 오후

벽을 타고 오르던 넝쿨
가을 햇살에 말라가고 있다

바람이 밀어내는 데로 구름이 떠다닌다

여름내 제 붉음 품었던 아가위 열매는
체액이 말라가며 여위어 간다

운동장 아이들 웃음소리 꿈결 같다

먹구름을 몰고 온 매지구름에
서둘러 아이들은 교실로 달음질이다

텅 빈 운동장을 물끄러미 쳐다본다
하늘에 새들이 무리 지어 날아간다

구두 수선방

시장 골목 앞 좁다란 구두 수선방

아늑한 음악다방 같다
라디오에서 음악이 흐르고
구두 굽과 밑창 수백 개가 크기별로
벽에 모양새 있게 걸려있다
구두약 묻은 손으로 커피도 한 잔 내준다

뒷굽이 닳은 구두를 내미니 잠시 살피더니
틀에 올려 재빠르게 뒤집어
삐죽 나온 굽을 잡아 뺀다

새것으로 맞추어 끼우곤 망치로 몇 번 두드리고
균형이 맞는지 이리저리 돌려 본다
마무리로 크림을 발라 윤기를 낸다

손놀림이 유행가 박자 따라 경쾌하다
음악과 차, 콧노래가 있는 공간
몇 천원을 주려니 적다는 생각마저 든다

계절이 바뀌어
다시 찾은 구두 수선집은 없어지고
꽃 화분 하나가 달랑 놓여있다

구두 수선방 주인의 안부가 궁금하다
그 자리엔 꽃바람이 먼지를 일으킨다

조등 弔燈

길을 걷다 발가락 마디가 한 개씩 없어졌다*는
시를 읽은 적이 있습니다

어릴 때 읽었던 동화 속 오누이 엄마는
떡 하나 내놓으라고 으름장 놓던 호랑이에게
살 한 점씩 떼어 주었습니다

오남매 억척스럽게 키워낸 당신
견뎌 낸 세월과 독한 약에
어느 날부터 발가락을 하나씩 잃어갔습니다.

얼굴에 번져가던 검버섯
아픔을 목 안으로 삼키던 한숨 소리
나는 왜 알지 못했을까요

이렇게 서둘러 당신께 조등을 켜게 될 줄 말입니다

*한하운 시에서

20

사모곡

밥을 짓다가 집안에 퍼지는 밥 냄새
서두르던 손길 멈추고 당신을 생각합니다

섬돌에 신발 일곱 켤레 놓이는 저녁에
당신이 차려주신 밥상에 둘러앉아
하루를 살아 낸 이야기로 떠들썩했습니다

이제 내가
당신께 한 상 가득 차려드리고 싶습니다
고슬고슬하게 밥 지어
사랑한다는 말과 그리움을 담아

뽀얀 김이 모락모락 피어오릅니다
어느덧 당신이 이곳에 함께 계신 것 같습니다

재회

길섶에서 나직하게 꽃피우다
홀씨 되어 흩어져 하늘로 날아오른다

바람에 따라 떠다니면서
멀리 아주 멀리 여행을 떠난다

어느 별에 가 닿았을까

농부의 낫질에 유전자는 살아남아
아스팔트 갈라진 틈에 내려앉는다

언젠가 더 곱게 피어나 있을 너를 만나면
모른 척하지 않고 눈을 맞추리라

크림빵 먹기

손바닥을 넓게 펴서 반쪽씩 마주 잡고
엇갈리게 돌려 골고루 스며들게 하면
크림은 자신을 녹여 반짝였어

군침 삼키고 있는 서낙한 동생에게
한쪽 아낌없이 나눠주고
마주 보며 웃던 미소가 얼마나 따뜻했던지

혀끝으로 가운데를 한번 핥고
가장자리부터 아주 조금씩 베어 먹으며
동생과 나는 빵으로 집을 짓는 상상을 했었어

키다리 아저씨 동화 속 주인공 주디가
어느 겨울날 추운 다락방에서
마른 빵을 먹으면서도 꿈을 꾸던 것처럼

용돈으로 받은 동전으로 구멍가게에 달려가
둥근 빵 하나 먹을 수 있으면 더 바랄 게 없었지

답십리 그 집

종일 딱지치기
딱지 대장 별명에 의기양양하다가
전학 온 친구에게 홀랑 잃고
억울하다 울면서 당신 품에 안겨 잠이 들었다

동네 장구 아저씨
친구들과 몰려다니며 짱구라고 놀리다가
집에 쫓아 와 야단치던 아저씨에게 사과하고
부끄러움에 당신 품에 안겼다

솥뚜껑 호떡 만들었을 때
서로 큰 거 먹겠다고 다투었고
벌을 서다가 저린 다리 절뚝대며
치마폭에 우리들은 앞다투어 안겼었다

골목길과 맞닿은 초록색 대문을 열면
오래된 감나무에 감꽃이 피어
저녁 무렵이면 마당을 환하게 비추었다

여름 해가 짧았던 답십리 그 집

비닐봉지

바람을 삼켜 부풀어 올라
새벽녘 질주하는 자동차 앞 유리창에 붙어
운전자 시야를 막아 갈 길 주춤하게 만들었다

바퀴에 몸이 엉겨 붙었다가 풀려나
찬 공기를 맞으며 허공을 떠돌았다
유령이 되어 너풀거리다 구겨졌다

갈 곳 잃은 누군가를 만나
함께 썩을 수 있으면 좋겠다
이제는 어딘가에 머물러 쉬고 싶다

나는 추방되었다

처음 약속

갓밝이에 가파른 산
거친 숨을 들이쉬며 함께 오르다가
툭 튀어나온 말

당신이 잘 늙어 가서 다행이야

시를 좋아하고
산 오르기 좋아하고
젊었을 적 미소 그대로 곱고
진리에 대한 호기심이 살아있고

오래 묵혔던 기분 좋은 말에
나도 대답해 준다

우리 함께 있다가
누가 먼저 사라지기 전에
서로를 곁에서 평온하게 지켜주자고

손 가락지 끼우며 했던 첫 약속을
끝까지 지켜주자고 했다

손잡고 가며 오르는 산길이
돋을볕에 눈부시다

생각 바꾸기

마지막 달력을 뜯어내며
365일 동안 쉴 틈 없이 바빴어도
올해에도 빈손이라고
불평했다

지난 날짜를 하루씩 짚어가며 다시 되돌아본다

잃은 것이 무엇이었을까
소중한 이들이 내 곁에 있고
괜찮았던 일상이 더 많았다
감사하고 기쁜 일이 새록새록 떠 오른다

생각하나 바뀌니 이렇게 마음이 편하다

마지막 인사

올해는 첫서리 내리기 전에 찾아가기로 했었다

손돌이 추위로 몸서리치던 날
이른 아침에 날아든 외갓집 부음

서둘러 새벽 기차 타고 가며
창밖 풍경에 그 시절을 생각한다

여물 썰던 할아버지 그을린 모습
교회 종소리에 예배당 가시던 할머니

마당에 들어서니
감나무는 옛 모습 그대로 반겨준다
외갓집 오는 길이 그토록 먼 길이었을까

이제서야 당신께 향 피우고
그 앞에서 무릎 꿇어 올리는 마지막 절

마포나루의 기적

벽에 걸린 영화 포스터의 배우 모습 구경하느라
까치발 딛고 한참을 쳐다보기도 했다

둘이 꼭 잡고 가던 손에 땀이 찰 무렵
멀리 아무 데나 가지 말라고 당부하던
엄마 말이 생각났을 때 겁이 덜컥 나기 시작했다

집으로 가는 길을 잃어버렸다
낯선 길을 한참 동안 앞으로 걸어갔다
동생은 발바닥이 아프다고 칭얼댄다

마포나루가 노을로 물들어 갈 무렵이 되었다
모래사장엔 장삿꾼들로 붐비고 있었다

그 사람들 속에 낯익은 얼굴 모습이 보였다
할아버지 옆모습과 비슷했다
아이 둘은 허우적거리며 무작정 달려갔다

"아니! 이 먼 곳까지 너희 둘이 어떻게 왔냐?
나를 또 어찌 발견했냐 말이다. 이 녀석들"

놀라면서 품에 꼭 안아주는 할아버지
반갑고 안도하는 마음에 훌쩍이다가 잠이 들었다

엄마는 어린 두 딸을 잃어버릴 뻔했던 그 일을
이야기할 때마다 오래도록 가슴을 쓸어내리곤 했다

어릴 적 서강에서 살 때의 일이다
두 아이가 길을 잃고 헤매다가 할아버지를 만난
기적 같은 일이다

마징가 Z에 대한 기억

보자기 뒤집어쓰고 장독대에서 뛰어내리며
만화 마징가Z 노래를 부르던 남동생
야무진 여동생 둘, 간식 잘 만들던 언니
다섯 남매 세 살 터울로 국민학생부터 고등학생까지
공책 살 돈과 학비는 늘 부족했다

학교를 마치고 와서 마징가Z 과자 상자를 접었다
숙제하고 책 읽는 것보다 먼저 할 일이었다
열 장 정도 빳빳한 종이를 가지런히 맞추어
엄지손톱으로 살살 문질러 가장자리 간격을 만들고
풀을 발라 마르기 전에 접힌 선 따라 눌러주면서
네 둘레를 돌려가며 접으면 종이 상자가 되었다

도란도란 이야기하면서
종이 상자를 만들어 마루에 쌓아 놓았다

상자를 접어서 받는 돈이 얼마쯤이었을까
손놀림 빠르던 여동생 둘은 훨씬 잘 접었다
완성품이 쌓여 갈수록 저금통엔 동전이 채워졌다

동생 중학교 교복을 작품제작비로 계산하고
손잡고 오는 길에 표준전과도 샀다

다섯 남매는 모여 앉아 종이상자를 접으며
금성 티브이가 있었으면 좋겠고
문학전집이 있었으면 좋겠고
마당 넓은 집이 있었으면 좋겠고
대추나무를 심었으면 좋겠다고 했다

동창회

초등학교 동창회가 열린 날
세월 지나도 눈빛 변하지 않았기에
서로 얼굴 알아보며 안부 묻느라 한동안 소란스러웠다

그동안 살아온 이야기를 한 사람씩 하기로 했다

한 친구가 일어나 꾸벅 인사를 했다
"나는 여러분들이 도시락 뚜껑에 밥 한 숟가락씩 내 주었
던 바로 그 사람입니다.
그 밥으로 배를 곯지 않았고 공부할 수 있어서 졸업까지
했습니다. 고마움을 평생 잊지 않고 살았습니다. 저도 베푸
는 사람이 되고 싶어 목사가 되었습니다."

한동안 침묵 속에 말곁 다는 사람이 없었다

그 시절이 아득하게 떠올랐다

이 친구는 고아원에서 자랐다
점심시간이면
운동장에 홀로 나가 물로 배를 채우고 들어왔다

어느 날부터인지 한 친구가 도시락 뚜껑에 밥을 한 숟가락
씩 걷으러 다녔다
보리밥에 무짠지 김치가 대부분이었다
도시락을 나누어 먹으며 허기진 배를 함께 채웠다

밥 한 숟가락으로 나누었던 우정
내어준 사람은 잊어도 받은 사람은 오랜 세월 잊지 않고
있었다

남편이 동창회에 다녀와서 나에게 들려준 이야기였다

2부

그리움을 베끼다

그리움을 베끼다
-화초에게

창가 볕에서 눈부시게 피어나던 날
그와 함께 하던 따뜻한 시간을
너는 기억하고 있구나

그가 몇 달째 집으로 돌아오지 않아서
이 자리에서 기다렸지
자신의 몸이 여위어 가는 줄 모르고

안타까워 내가 키우기로 하고 데려와
베란다에 옮겨 놓고 바라보면서
이파리를 닦아주면서 물을 주었지

잎이 누렇게 변하고 가지는 말라갔어
화분을 엎어보니 까맣게 탄 뿌리가 보였지
너는 그의 모습을 놓지 못한 탓일까

너를 손으로 쓰다듬어 주던
마지막 손길이 닿았을 너에게
나는 그리움의 절정을 새기고 있다

바위 틈새

오랜 세월 한자리에 머물며 살다가
간신히 실낱같은 틈을 내주었다

비가 스며들고 눈이 쌓일 뿐
아무 눈길을 받지 못하던 내게 씨앗 하나 찾아 와

숨을 내쉰다
꽃을 틔운다
그늘을 만든다

완고하던 내가 틈 하나 내어 주었을 뿐이다

불협화음

거실 바닥에 쭈그리고 앉아 눈을 감는다
지붕 있어도 가슴에 바람이 드나들고
혼자가 아니지만 혼자인 시간이 낯설다

안방과 거실 사이가 이렇게 멀었을까
손잡이 밀면 들어가고 나올 수 있는 간격에서
서로 다른 꿈을 꾸는 이방인이 되었다

씨앗

물기에 한껏 부풀어 올라 껍질 벗어던지고
흙을 밀어내며 슬며시 고개를 쳐든다

겁에 질려 바람 부는 쪽으로 흔들릴 때
곁에 서 있는 나무는 내게 말을 걸어온다

괜찮아, 나도 처음에는 한 알의 씨앗이었어
씨앗 한 알이 움튼다는 건 가슴 벅찬 일이지

빛과 공기에 겸손하게 몸을 맡겨보라고
햇살에 눈 부신 꽃 피어날 시간을 꿈꾸라고 한다

돌탑

산길 비껴간 곳에 돌탑이 서 있다
모난 돌과 삐죽한 돌에 기도가 담겨 쌓였다

수많은 손길로 만들어진 바램은
무너지지 않는 작은 산이 되었다

동그란 조약돌은 쌓이지 않는다
탑이 되지 않은 기도는 산이 되지 않았다

낯선 셈법

무우를 사러 간다
밭은걸음으로 마트 몇 곳을 지나
전에 살았던 동네 가게를 찾아간다

주인 아주머니가 반가운 얼굴로 맞아준다
억척스러운 성격
소나무 껍질 같은 손등으로 채소를 다듬다가

무우를 제 값보다 몇 개 더 얹어주며
"잊지 않고 찾아줘서 고마워서
몇 개를 덤으로 더 넣었다우"

정(情)을 계산하는 아주머니 셈법에
내 마음도 무우 속살처럼 환해진다

내게도 잊지 않고 누군가 찾아온다면
다시 만날 수 있다면
무우 값의 몇 곱절이라도 쳐 주고 싶다

지각

아무도 없는 운동장은 적막했다
학교 정문에서 교실까지 가는 길은 멀었다
길다란 복도를 지나 교실 문 앞에 서서
아이는 시린 손으로 손잡이를 만지작거렸다

가쁜 숨 한번 몰아쉬고 문을 열었다
문을 여는 소리에 친구들은 일제히 고개를 돌려 쳐다보았다
"어머나, 얼굴이 추워서 꽁꽁 얼었구나. 난로에서 몸을 녹
이고 자리로 가서 앉거라."
선생님은 아이의 두 손을 잡아 주었다
순간, 아이는 눈물을 참느라 입술이 떨렸다

통학길의 흔들리는 버스 창문으로 튕겨 나갈 뻔해도
낯선 아저씨 허리춤에 코가 박혀 숨쉬기 힘들었을 때에도
입을 꼬옥 다물고 울지 않았다

아이는 보리 혼식 그림이 붙어있던 교실 벽 끝자리에 앉았다

눈물이 흘러 내려 책상을 적셨다
부끄러움인지 서러움인지 고마움인지

추운 겨울날 잊혀지지 않는 기억
단발머리 작은 아이는 2학년이었다

아침 산에 오르며

새들이 나뭇가지 끝에 앉아
새벽 서리를 쪼아대다 발자국 소리에
후드득 날아가며 바람을 일으킨다

나뭇잎에 매달려 사각거리던 까치
참나무 가지에 옮겨 앉아
끄억끄억 목청 높이며 고개를 조아린다

생애 꽃 한번 피워 보지 못한 이끼
단단히 바위를 붙잡고
모퉁이에서 제 자리를 지키고 있다

산을 오르다가 만난 풍경들이
오랜 친구처럼 말을 걸어 온다
손돌이추위를 잘 견디자고 답해 준다

나에게 안겨드는 바람 소리의 하모니
겨울 산을 오르는 발걸음이 가볍다
이 아침이 주는 위로에 콧노래를 불러본다

흰나비 한 마리

산길 오르는 발길을 앞장 서 팔랑거리면서
솔숲 오솔길로 안내하듯 내 주위를 맴돌다가
머리 위에서 한동안 떠나지 않는다

하늘 높이 날다가 다시 앞장선다
눈길을 끌다가 홀연히 어디론가 사라진다

나비가 떠난 자리
날갯짓이 만든 잔영에 눈 앞에 그려지는 얼굴 하나

아, 그 아이
감기를 앓다가 응급실로 실려 가
하얀 시트에 덮인 채 홀연히 떠난 아이

태권도복이 어울렸던 눈망울이 예쁜 아이
웃을 때 보인 앞니 빠진 자리가 귀여웠던

너의 책상 위에 놓인 흰 국화꽃이 시들어갔지
그 해 핀 꽃들은 눈이 시리게 서러웠다

노각을 무치며

계절이 남겨놓은 흉터
껍질에 패인 주름이 깊다

껍질을 벗기니 속살이 하얗다
씨앗은 녹아 물컹하다

속살 도려내 소금에 절인다
물기를 꼭 짜서 무친다

오이 냄새는 싱그럽다
당신의 지나온 젊은 시절 같다

병실 침대에 누워
노각을 드시고 싶다고 했었다

당신은 왜 노각만 좋아하셨을까......

꽃게

톱밥 속 꽃게들 꼼지락거림에
아직 싱싱하게 살아 있음을 알게 된다
눈알이 유난히 툭 불거진 하나를 꺼내
거친 솔로 등딱지를 박박 문지른다
눈을 가늘게 뜨고 몸통을 잡아 힘껏 벌린다

순식간에 드러나는 질척한 내장
아직은 먼 바다를 그리워하고 있다고
집게발로 내 손가락 하나를 물고 늘어진다
뚝뚝 싱크대를 물들이는 핏방울
내 눈과 마주친 꽃게의 눈빛이 섬뜩하다

식탁 위에 놓인 바다
꽃게의 몸통과 집게발이 담긴 냄비 안의 국물이
비릿한 갯벌을 닮아 있다

나는 어떤 모습일까

선거 포스터 앞세우고 확성기 볼륨 높여
유세차 지나는 소리에 놀라
공부 시간을 방해 받아도 아이들은 불평하지 않았다

선거일 다음 날 아침 교실에 모여 앉아
" 우리 아빠는 누구누구 찍었대
" 너희 엄마는 누구 찍었어?"
" 누구누구를 찍어야 한 대. 그 사람은 나쁘대"
" 아니야, 아니라니까!"

아이들은 할아버지 나이쯤 된 후보 이름을 거칠게 부르고
자기네 부모님이 찍은 후보가 좋다고 서로들 우긴다
논리도 없이 얼굴 붉히는 모습이 뉴스 속 익숙한 장면 같다

아이들은 부모의 그림자를 보고 큰다고 한다

무엇을 보며 살아가게 해야 할까 고민이 된다

그루터기

몸이 잘려 나간 지 오래 된 나무둥치
껍질은 벗겨지고 속살이 보인다

수많은 계절을 겹겹이 주름으로 새겼고
남겨진 숨구멍에 움돋이* 한다

여름날 새들 품었던 이파리
아슴아슴한 시절 이야기 모두 잊고

낮은 것에 눈 맞추면서 벼리던 시간
힘에 겨웠는지 진액이 흐른다

겸손하게 시작하는 너를 보면서
이 봄을 다시 시작할 이유를 찾는다

점화

호젓한 산길에
촛불 심지처럼 뜨겁게
봉긋 솟아 올라온 꽃망울 속에서
계절이 피어나고 있다

누가 점화했을까
한 송이에서 시작해
온 산에 옮겨붙어 생년월일이 같은
꽃나무가 되었다

너를 그리워하는 생이 아름다울 수 있도록
시를 지펴주는 이가 내게도 있었으면 좋겠다

상처

강남역 편의점에서 커피를 흘리며 웃던
레깅스 입고 서 있던 나를 보았다고

그곳에 가 본 적이 없다면서
기억의 퍼즐을 맞추느라
나는 가슴앓이로 밤을 지샌다

애꿎게 너의 기억에 불려 나가
내 질서를 흔들어 놓고 너는 모른 척한다

나를 혼란 속에 가두려고 꾸며 낸
거짓 사이에서 헤매는 너의 모습을 본다

나는 문을 박차고 밖으로 나간다

가시나무

아침에 가시 돋친 말을 하여
가방을 메고 나가는 가족의 어깨를 짓눌렀다

아이들이 부모에게 가장 듣고 싶은 말은
사랑해, 너는 할 수 있어
좀 더 다정한 말이라는 것을 알고 있다

넉넉한 미소 짓는 사람이 되어야지
이 생각은 날마다 하고 지낸다

나는 현관문을 나서기도 전에 출근 가방 속에
후회를 가득 주워 담는다

세월 지나도 사람됨이 이렇게 더디고 서툴다

묵주 한 알

둥근 스캐너에 몸을 맡기고 얼마나 시간이 지났을까
모니터에 불러낸 내 안의 모습을 의사가 보여준다

양파 껍질처럼 층층이 벗겨놓은 머릿속 사진
주름 잡힌 피부나 머리카락은 보이지 않았다

얽히고설킨 핏줄 사이에 박혀 있는 점 하나
숨 가쁘던 순간에 풍선처럼 부풀어 올라
혹여나 터질까 봐 은으로 공간을 채워 넣었다

마음 더 넓히고 겸손해 지라는
남의 허물은 한쪽 눈 감고 덮어주라는
언제 어디서든 두 손 모아 기도하는 것 잊지 말라는

머리 깊숙이 심겨진 묵주 한 알이 아닐까

3부

당신은 혼자가 아닙니다

균형 잡기
- 외발 자전거 타기

나는 요즘에 바퀴가 하나인 외발자전거를 배우고 있어 자전거를 타는 것과 닮았지만 바퀴 하나로 균형 잡기가 쉽지 않아

한 손으로 안장을 잡고 바퀴를 굴리면서 좌우 균형을 잡는 연습을 꾸준하게 해야 해, 왼발로 발판을 딛고 올라타야 하는 데 익숙할 때까지는 지지대를 잡고 해야해

몇 바퀴를 굴리면 다리에 힘이 많이 들어가서 가파른 산을 오를 때처럼 다리가 뻐근해 질 거야 시선은 멀리 두는 것 보다 가까운 눈앞을 보고 달려야 해

만약 균형을 잃고 넘어지려고 할 때는 자전거를 밀쳐 버리듯이 놓아 버리면 돼 타는 것보다 넘어지는 방법을 먼저 배우는 게 중요해

외발자전거를 배우다가 혼자 되어 마음을 잡지 못하는 네 생각이 났어

두발자전거 보다 바퀴 하나로 타는 것은 훨씬 많은 연습과 노력을 기울여야 하는 것이 우리 삶과 닮았다고 생각했어 혼자 사는 것이 어렵지만 연습을 더 해야 할 것 같아

자전거를 타면서 넘어지지 않으려면 핸들을 잡고 속도를 적당히 내야 해 우리 사는 것도 닮았다고 생각하지 않아 혹시 손을 잡아 줄 이가 필요할 때 나에게 전화해 우리 힘내자

원기소 이야기

원기소는 언제나 막내 남동생 몫이었다

어느 날, 자매들은 원기소를 훔쳐 먹기로 했다
둘째가 제일 먼저 ㄷ자형으로 엎드리고
언니가 그다음으로 올라타고
셋째 여동생이 한 층 더 올라가고
막내 여동생이 언니들 허리 밟고 올라가
원기소를 꺼내서 내려왔다

입안에 넣어 깨물면 구수한 맛이었다
원기소 통이 거의 다 비워질 때
동생은 다시 한 명씩 밟고 올라타서
찬장 위 그 자리에 다시 두고 내려왔다
서로의 입 주변을 싹싹 닦아주고
이번 일을 비밀에 부칠 것을 약속했다

원기소 정복 거사는 몇 번 더 반복되다가
마음 약한 언니의 제안으로 그만두었다

엄마는 장에 가실 때마다
원기소를 사 오셔서 변함없이 찬장 위에 두었다
네 자매의 앙큼한 도적질에 대해 한 번도 묻지 않으셨다

엄마는 원기소가 줄어든 것을 정말 모르셨을까?

밤을 깎으며

밤을 깎다 애벌레 한 마리 꿈틀거리며 깨어난다
눈앞에 닥친 위험을 알았을까

손놀림을 잠시 멈추고 가만히 들여다본다
웅크린 몸을 펴면서 고개를 쳐들더니
나와 눈이 마주쳤다

이 녀석을 어떻게 할까 망설이는데
나에게 말을 걸어 온다
꽃이 피는 날 이 밤 속에 들어왔다고

밤송이가 실하게 여물어 갈 때
이 안에서 알에서 깨어나
혼자 살게 되었다고

언젠가 껍질을 뚫고 나가면
오랫동안 기다리던
짝을 만나 날아오를 것이라고

이 말랑한 아이를 한동안 쳐다보다

조심스레 풀밭에 놓아 주었다

밤꽃 피는 날 향기에 취해 너도 한번은 하늘을 날아보라고

당신은 혼자가 아닙니다

두 손으로 몸을 옆으로 뉘여 등을 살펴보니
피부는 벗겨져 진물이 흐르고
거즈로 닦으니 살점이 묻어 나온다

깨끗한 가운으로 갈아입히자
말없이 쳐다보며 누워있는 당신
속울음을 삼키고 계셨을까

기저귀를 갈다가 손에 닿는 물컹한 체온
오랜 세월 가슴에 담겨 있던 한숨이 아닐는지

거친 손을 가만히 잡는다
얼굴을 닦아 주고 빗으로 빗어주니 곱던 그 모습이 보인다
당신은 눈을 가늘게 떴다가 다시 감는다

손을 씻는 물소리에 나의 눈물이 섞인다

편한 잠

소나무 그늘 드리워져
구름 뒤로 노을빛 길게 내려앉고
햇살 스며들어 닿는 곳

바람 부는 날에 새들 놀러 오는 곳
마음에 드시면 좋겠다

모두 잊고 편한 잠을 자고 싶다
언젠가 생각나면 찾아 와
내 앞에 쉬었다 가면 외롭지 않겠다고 한다

땅속에 집을 지었다
근심 걱정 없이 오래도록 쉴 수 있는 곳으로
발걸음 재촉하시던 모습이 눈앞에 떠오른다

마음을 당신 곁에 두고 돌아오는 길가에
수선화가 무리 지어 피어나
바람에 흔들리고 있다

화해

병원 수술대 위에 누워 천장을 바라본다
죽음의 공포가 밀려드는 순간
눈앞에 어렴풋이 떠오르는 얼굴

마지막 숨을 삼키던 흐릿한 동공으로
그는 말 한마디 하지 못하고
눈가에 흘리던 눈물은 무슨 뜻이었을까

서로 마음의 실타래를 풀지 못하고
끝내 물음표로 남겨 둔 채
그는 숨소리마저 희미해져 갔다

지난 일이니까 이제 나는 괜찮다고
울먹이며 고개를 가로젓다가
전신마취에서 깨어나 눈을 뜬다

마음 속에 환하게 비쳐오는 불빛
내 안에 오래 갇혀 있던 응어리를 털어낸다

아프다

산책길에서 늘 마주치던 나무
이번 태풍에 쓰러졌는지
뿌리를 드러난 채 작은 바위에 걸쳐 있다

가지에 붙은 어린잎들은
아무것도 모르고 햇볕을 쬐고 있다
아프다 그 모습이

벼락 치는 소리를 듣고 놀랐던
기억이 남아있는지
이파리들을 가늘게 떨고 있다

시간이 지나면 여위어 갈 것이다
계절이 바뀌어도
더 이상 떨켜는 만들지 못하리라

그 길을 걸을 수 있을까

길섶에 피어난 제비꽃에 몸 낮추어 눈을 맞춘다
신발 끈 동여매지 않아도 오래도록 볕 즐기기 한적한 길이다

어느 날 아침, 그 길에 낯선 말뚝이 가지런히 박혀 있다
며칠 뒤에 더 넓게 울타리가 쳐 놓았다

밭고랑 내고 모종 촘촘히 심어놓는다
한가롭던 산책길이 어수선한 모양새로 변했다

빈자리는 자리대로 그냥 놓아두어도 좋을 것 같은데
손을 대어 무언가 채워 넣어야 할까

민들레 홀씨 날리고
들꽃 하늘거리는 길을 오래도록 걷고 싶다

다시 시작하고 싶다

담장을 덮어가던 잘 자란 푸른 이파리들
줄지어 서 있는 운동회 매스게임 같다
어느 여름날 뽑혀져 길가에 나뒹굴고 있다

뿌리는 제멋대로 엉켜져 누워있다
오래 묵은 줄기는 단단해 보인다
낫질에 잘려 나간 잎 냄새 더위에 후끈하다

그림이 지워진 담벼락 캔버스에
오래된 벽돌이 층층이 드러나
움켜쥐었던 생의 흔적이 얼룩져 있다

구석에 버려진 뿌리에서 싹을 띄워
다시 무성한 푸른 잎을 낼 수 있을까

자화상

어릴 적 나는

얼굴이 넓적했고 아기 때 순해서 종일 누워 있어 뒤통수가 납작해졌고 샘이 많았고 용돈을 모아 소년동아를 사 보는걸 좋아했고 우유를 못 먹는 언니 우유를 빼앗아 먹는 걸 좋아했고 인형 그리기를 좋아했고 딱지치기를 좋아해서 겨울마다 손등이 터져있었고 서강에 살면서 무 서리를 자주 했었는데 한 번도 걸린 적은 없었고 동네 장구 아저씨를 놀리다가 도망가다가 잡혀서 혼쭐이 났고 국민학교 입학 때에 아버지가 사주신 검정색 777책가방을 좋아했고 6학년 때 엄마가사주신 물방울 파란 원피스를 좋아했고 일기 쓰기를 좋아했고 친구랑 교회에서 오르간으로 찬송가 치는 것을 좋아했고중학교 때 버스표를 아껴 현금으로 바꾸어서 자장면을 자주사 먹었고 읽은 책을 친구들에게 이야기하는 것을 좋아했고영어 과목을 좋아했고 파이롯트 만년필로 쓰는 것을 좋아했고 책 읽기를 좋아했고 상록수를 밤새워 읽다가 울기도 하면서 내 이상형이 박동혁이라고 마음먹었다

지금 나는

　좀 더 죽어라 공부를 더 열심히 하지 못한 걸 후회하고 대학이라도 억척스럽게 다니느라 사춘기적 동생들을 좀 더 살뜰하게 보살피지 못한 걸 많이 후회하고 귀가 얇아서 남의 말 쉽게 믿는 것을 후회하고 첫 봉급 17만원을 받아서 외할머니께 용돈 2만원 드린 것을 생각해 보고 방송대 영문과를 다니다가 F 학점 몇 개 받고 영어 공부 포기한 것을 후회하고 테니스를 좀 더 꾸준하게 하지 못한 걸 후회하고 가난한 남자와 결혼한 걸 후회하고 직장 다니느라 딸을 돌 전까지 곁에서 키우지 못한 것을 많이 후회하고 마당이 없는 집에 사는 걸 후회하고 시를 좀 더 열심히 쓰지 못한 걸 후회하고 시를 잘 쓰고 싶어 가슴이 울렁대는 나를 후회하고 멀리 통근하느라 새벽에 일어나는 나를 후회하고 오늘도 후회할 짓을 하는 나를 또 후회한다

　지금껏 살아온 모든 것이 나 혼자 애쓴 것과 노력만이 아니었음을 안다 누군가의 기도와 도우심과 은총이었다 이제는 더 이상 후회하지 않기 위해 후회한다

갈림길에 서서

학교 끝나면 집에 오지 말고
이모네 집으로 가라고 했다
남동생을 낳았기에 엄마는 몸조리를 해야 했다

학교가 끝나고 아이는 갈림길에서 망설였다
왼쪽 길로 가면 우리 집
오른쪽 길로 가면 이모네 집이었다

이모네 집에는 티브이가 있고 책상도 있었지만
아이 마음은 언제나 집으로 가고 싶었다

마음은 왼쪽 길을 걷고 있었고
발걸음은 오른쪽 길로 가야 했다

어른이 되어서도 갈림길에서
서성거리는 것이 버릇이 되었다

이런 일이

축제 현장에서 일어난 참사 뉴스 화면이 믿기 어려워
눈을 떼지 못하던 중에 동생에게 걸려 온 전화

조카는 방금 전까지 대화방에서 이야기를 나누던
친구 10명 중에 2명이 그곳에 있었다고 한다

그 시간에 친구들을 만나기 위해 조카는 버스로 이동하고
있었다고 한다

몇 시간 전까지 축제 분위기에 마음 들떠 있었던 그 친구
들을 갑작스레 떠나보냈다

친구들을 잃은 조카는 이 믿지 못할 슬픔에
며칠째 잠만 잔다고 한다

하룻밤 사이에 삶과 죽음이 엇갈린 사람들
순간마다 갈림길에 서 있음을 다시 한번 느낀다

나는 며칠 동안 잠을 이루지 못할 것 같다

붓꽃 물들인 시간

산길을 돌아 보랏빛 꽃이 물든다

교복 칼라 풀 먹여 다려 입고
가정 시간에 옥양목 앞치마에
한 땀씩 수 놓았던 그 꽃이다

꽃 수놓은 앞치마 두르고
찌개 끓여 밥상 차려 놓고서
가족들 웃으며 맞이하는
현모양처 되고 싶다며 깔깔대며 웃었다

등록금 고지서 마감일이 다가와 걱정되어도
우리들이 자라날 꿈을 이야기하곤 했다

그 시절이 아슴푸레하다

착했던 친구들아, 지금은 어디에서 살고 있니
너희들도 붓꽃 수 놓던 시간을 기억하니

나는 현모양처가 못 되었지만 친구들은 어떨까

그 시절은 겨울 해가 짧았다

나는 뒷배가 있었다

물기 마른 손을 무심코 들여다본다
왼손은 아직 곱다
오른손은 손마디에 옹이가 박혀있다
두 손이 같은 세월을 살았어도 모양이 다르다

노동의 차이 때문일까
젓가락 들 때 글씨 쓸 때 책을 넘길 때
내 삶은 오른손이 한 일이 대부분이다
왼손은 뒷배다

나 혼자 견딘 세월이었다고 믿었던
오만함이 고개 숙이니 보인다
가족이
친구가
곁에 있는 모든 이가
내 뒷배이었음을 이제야 알겠다

누군가에게 나도 뒷배가 된 적이 있었을까

강대나무의 독백

새들이 쉴 곳을 찾으면 그늘을 내주었어

사람들은 언덕 오르고 내려갈 때
숨이 차면 내게 기대어 가지를 흔들었지

손이 닿았던 그 자리에 껍질이 벗겨지고
맨살이 드러나 흉터가 되었어

어느 날 부터 물기를 잃고 말았어
가지는 잎을 더 이상 내지 않았지

바람이 흔들어도 깨어나지 못했어
나를 아무도 기억하지 못하고 사라지겠지

불편하다

지날 때면 늘 쓰다듬고 안아 주던 나무

산길에 앞서가던 남자
그 나무에게 용무가 있는 것 같다
갑자기 서 있는 뒷모습에 나는 멈칫했다

갈라진 나무 기둥 가운데를 향해
한 줄기 오줌을 뿌리고 있다
할 일을 마친 남자는 몸을 떤다

나무는 볼일이 끝나기를 기다리더니
제 스스로 무결점성을 잃은 것이 낯설어 일까
이파리를 파르르 흔든다

그 나무를 힐끗 쳐다본다
그전처럼 다시 안아주고 싶은데
아무래도 내 마음이 며칠은 더 지나야겠다

아침 이별

아스팔트 바닥에 부러진 날개 접고
가쁜 숨을 몰아쉬고 있는 새
그 곁을 지키며 또 한 마리 새가 서성거린다

누군가 와서 새의 몸에 흙을 덮어주어도
새는 떠나지 않고 주변을 맴돌고 있다
출근길 자동차 시동을 켜다 말고 물끄러미 바라본다

둘은 조금 전까지 나뭇가지에 앉아
부리로 서로의 깃을 매만져 주면서
날씨 추워지기 전에 함께 날아가기로 했을 테다

고개 숙인 뒷 날개 아침 이슬에 젖어 있다

하늘을 힘차게 가르며 새 한 마리 날아간다

4부

집으로 가는 길

오래된 이별

헌책방 구석에서 절판된 책을 찾았다

묵은 종이 냄새 삼베 색 같이 바랜 표지
책의 오래된 출생일을 알려준다

시 한 편 마다에 담긴
마음을 오롯이 따라가며 울렁이기도 한다

시선을 멈추게 하는 여백에 쓰인
연필로 썼다가 지운 흐릿한 글자

사랑한다 헤어지자 보고 싶다
숙아......

낙서 속 누군가의 사연에 시집을 덮고
가슴 저렸던 그 시절이 생각나 눈을 감아본다

집으로 가는 길

버스에서 내린 손님은 한 사람뿐이었다

개구리 울음소리 밤공기를 흔들고
초록 풀잎은 어둠 속에 숨어 들었다

내딛는 발걸음과 책가방이 무거웠다

반대쪽에서 총총히 걸어 오는 작은 점 하나
둘은 조심스럽게 다가서다
서로를 알아보자 동생이 뛰어와 와락 안겼다

밤늦게 학교 도서관에서 돌아올 때면
동생은 무서움을 참으며
언니를 위해 자주 마중을 나왔다

동생과 손잡고 집으로 돌아오던 길에
아카시아꽃은 눈같이 환했고
반딧불이가 눈부시게 꼬리를 물었다

아버지의 학사모

소년은 새벽 기차로 무작정 서울로 올라왔다
온종일 뛰어다니면서 구두를 모아서
자신의 눈빛처럼 반짝이게 닦고 닦았다

구두를 닦은 돈을 모아 고등학교를 다녔고
찬물로 새벽잠 깨우며 밤을 새워
판잣집 등 밝혀 공부하면서 학사모를 써 보고 싶었다

가족들이 부산에서 자취방을 찾아왔을 때
모아둔 입학금으로 셋방을 얻어 주었다
대학교 원서를 쓸 무렵 소년은 진학을 미루었다

군대 제대하고 결혼을 하고 아버지가 되고
그 소년은 공부할 기회를 더 이상 갖지 못했다

빛바랜 벽지 위에 걸린 흑백 사진 속
늙어버린 소년은
자식 대학 졸업식에서 학사모를 쓰고 웃고 있었다

그 소년이 습관처럼 자주 해 주던 말

공부는 때가 있는 법이다
아버지의 목소리가 아직도 귓전에 맴돈다

그냥이라는 말

너무 좋다
할머니 집에 가면

왜 좋으냐 하면
그냥 좋다

할머니가 있어서
그냥 좋다

아이가 일기장에 쓴 마음이다
이보다 더 솔직한 말이 있을까

느낌이 입안에 고여 말이 되지 않을 때
그냥 좋다고 하면 될 것을

내 마음을 가늠하지 않아도 된다
좋은 것은 그 자체로 좋으면 된다

따지고 비교하던 내 마음을 반성한다
그대로를 사랑하리라

네가 좋다
왜냐면?
그냥 좋다

아침 햇살이 좋다
왜냐면?
그냥 좋다

모자

엄마가 쓰던 모자 옆에 코사지가 달려있다
모자를 써 본다
과거로 돌아가서 당신이 보인다

병원 가는 길
시장 가는 길 목욕탕 가는 길
수없이 오르내렸을 언덕길

길가의 낡은 의자와 손에 쥔 처방전
목욕탕 표와 낡은 지팡이
그 흔적들이 눈에 밟힌다

한 움큼 약 입안에 털어 넣으며
괜찮다고 할 줄 알았다
니들이나 잘 살면 된다며 웃어줄 줄 알았다

손마디 휘어져 신음소리 흘러나올 때
아픔을 홀로 삼켜내고 있었음을

모자를 벗어들고 보푸라기를 만지면서
엄마의 눈빛과 숨결을 모자에 담아 본다

나는 시가 그립다

빛바랜 메모를 보며 네게 품었던 마음
그 때가 생각나서 한없이 부스댄다

그립다고 하면서 용기가 없었다
마음에 담아 두기만 했다
미루면서 주저하다가 계절이 몇 번 바뀌었다

어느 시인이 내게 말했다
사랑하세요 두려워 마세요
가슴이 울렁대고 심장이 뛸 거예요

너를 그리워하는 심정이 이렇다
잊지 못하고 있었음을 알겠다
나에게 기회를 한 번 더 줄 수 있을까

서랍 안에 넣어 두었던
오래된 만년필을 찾아 잉크를 채워 넣는다

단축번호 1번

안전 문자 진동음이 울리자마자
단축번호 1번을 누르던 오래된 습관

한파래요 오늘은 외출하지 마세요
병원 갈 때 지팡이 잘 짚고 조심조심 다니세요
모자 쓰고 장갑과 털목도리로 잘 감싸고요

당신이 염려되어 전화하면
더 많은 위로와 사랑을 한껏 안겨주었고
오늘 하루도 잘 지내라고 한다

당신과 나누던 전화 목소리는
이제 온데간데없고 기계음만 들린다

마른 잎이 떨어져 쌓이다
바람에 흩어지고 있는 그곳에서
전화를 받지 못하고 홀로 누워있다

버려지는 것들에 대한 에스프리

주인에게 부림을 받다가 버려졌다
분리수거 팻말 앞에 놓여있다

나는 쓸모가 더 있을 거라고
버림받고 싶지않다고
부서지고 싶지않다고

내게 빨간딱지가 붙여져
어디론가 실려 가면
뜯기고 부서져 불에 태워질 것이다

오래된 일 기억하고 있다
누군가 나무를 잘라서
결을 내어주고 다듬어 나를 빛내 주던 손길

사람들이 눈길 한번 주지 않는 나를
낯선 언어를 쓰는 이들이 다가와
이리저리 살펴보다가 데리고 간다

실내에 들여놓고 먼지를 털어 닦아 준다
본래 모습으로 다시 돌아갈 수 있을까

그리운 아버지

교사 발령 전화를 받고
마장동에서 버스 타고
원통에서 내려 용대리행 막차를 탔다

두 사람을 내려놓고 버스는
설악산 어둠 속으로 사라졌다

하룻밤 묵으려고 민박을 잡았다
밤새 바람에 창문이 덜컹거렸고
벽을 타고 흐르는 한기에 코가 시렸다

뜬눈으로 밤을 지샜다
딸은 교사가 되어 첫 출근 한다는 설렘으로
아버지는 산골에서 혼자 살아갈 딸을 걱정하며

세월이 얼마나 흘렀을까
가르치며 배우며 살아온 날들을 지나
나는 흙먼지 날리던 버스 종점에 서 있다

간간히 불어오는 겨울 바람이 닮았을 뿐

마지막 버스는 다시 오지 않았다

버스 정류장에 서서
당신의 그림자를 그리면서 가만히 불러본다
아버지

8분의 6박자

6/8박자를 4/4박자로 지휘를 하다니

지휘와 노래가 맞는 척을 해야 했다

중간에 고치려 해도 적당한 기회를 찾지 못했다

쉼표에서 간신히 박자를 바꾸었다

생의 음표에 속도와 방향을 바꾸는 것은 용기였다

이제 좀 느리게 살아야겠다

꽃비가 내립니다

자신감과 오만을 구별하지 못하던 시절이 있었다
실패는 나를 무거운 심연에 가두었다

그날, 지나는 사람들 속에서 인연의 끈이 남았는지
저만치 네가 와서 과거의 실체와 만났다

순식간이다
마음의 고통이 폭풍 속에 다시 갇혀 버렸다

화해한 것도 아니었다
상대를 용서한 것도 아니었다

내 안에 묻어 두려고만 한 것은 또 다른 실패였다

차라리
상처 난 그 자리에 꽃을 놓아주었다

뜻밖이었다
꽃비가 내리고 있었다

첫 기억

아이가 열감기를 앓으며 밤새 경기를 일으켰다

할머니는 꼬박 밤을 세웠고 날이 밝자마자
아이를 업고 십 리 길 한약방을 한달음에 찾아갔다
징검다리를 건널 때 등에 업힌 아이는 출렁거렸다
바람에 흔들리는 정자나무 앓는 소리가 들렸다

그때 아이를 영영 잃는 줄 알았다고 한다

아득하게 들리던 교회 종소리
머리맡에서 기도하던 외할머니

어렴풋이 기억하고 있는 네 살 때쯤 일이다

혼자
-대인기피증

내 말을 들어주는 사람이 없다
이야기를 해 주는 이 없다

몸이 무거워 움직일 수 없는데
세상은 나를 채근한다

점점 더 느려지고 있다
나는 퇴화하는 화석이 되고 있다

밖에 나가보고 싶다
발걸음은 뒷걸음치고 있다

아무도 나에게 말을 걸지 않는다
눈 부신 빛은 눈을 감게 할 뿐이다

아침 바람에 감또개*가 떨어져 쌓인다

* 감또개 꽃과 함께 떨어진 어린감

세 여인

목련꽃 지던 날, 큰 어머니 장례를 마치고 왔다는 선배가
자신이 살아온 이야기를 나지막한 목소리로 들려준다 전쟁
의 아픔과 불행, 큰어머니와 누나의 사랑, 친어머니, 인생의
세 여인에 대한 애증을

6·25전쟁 때 아버지와 큰아버지는 의용군으로 끌려갔다
어머니와 큰어머니는 같은 날에 전사자 통보를 받았다 동서
끼리 자식 하나씩 있었고 서로 의지하며 살았다

어느 날, 어머니는 동네 왕진 의사를 따라 말없이 떠났고
빈집에 남겨져 울던 나를 큰어머니가 거두었다 누나와 차별
하지 않고 친자식 같이 키워 주었다

어려운 형편이라 상급학교 진학은 한 사람만 할 수 있었다
나를 진학하게 해 주었다 그 은혜가 얼마나 큰 줄 알기에 하
루하루를 허투루 살 수 없었다 누나는 나에게 양보했던 학교
공부를 예순이 다 되어서야 마쳤다

지나온 내 삶에는 세 여인이 있다 낳은 어머니와 키워 준 큰어머니와 누나, 나에게 사과 한 개를 사랑하는 사람에게 나누어 주라고 한다면 반쪽은 큰어머니, 반쪽은 누나에게 주고 싶다

선배는 자신의 인생 이야기를 하다가 눈시울이 붉어졌다 나도 마음 한구석이 젖어 들었다

목련꽃 떨어진 자리에 어린 잎이 돋아나고 있었다

색연필

나는 색연필을 깨물어 먹습니다
마음을 표현하고 싶어도 할 줄 모릅니다
엄마와 선생님, 친구도 내 마음을 알아주지 않습니다

친구들이 시를 읽고 쓰고, 동화를 읽을 때
귀를 막고 숲속으로 갑니다
달팽이가 내 손 위에서 놀고 개미들을 구경합니다.

색연필이 또 먹고 싶어 집니다
친구들이 놀아주지 않았을 때 빨간색을 먹습니다
파란색은 교실이 답답해서 하늘이 보고 싶을 때
나도 공부를 하고 싶을 때 초록색을 먹고 싶습니다
검정색은 아무도 내 마음을 몰라 줄 때

톡톡 똑똑
앞니로 색연필을 깨뭅니다
내 마음이 부러지는 소리입니다

사람들은 나에게서 색연필을 빼앗습니다

색연필이 아무도 몰라 주는 내 마음을 알아줍니다

선인장

너는 물을 잘 먹지 않는다
혼자 놀면서 잘 큰다
몸통은 크지만 머리는 작아 생각이 없다

바람이 흔들어대도
곁을 허락하지 않는다
가시 돋친 날카로움으로 찌른다

상처가 아니라는 착각
슬프지 않을 거라는 자만

내뱉은 상처와 받은 상처가 마주 보고
웅크리고 있어도 끄덕하지 않는다

별빛을 바라보며 타인의 눈물을 빨아들인다

껍질은 단단하다
물 없이 살 수 있다고
햇빛을 향해 팔을 세운다

겨울 추위가 다가오면
몸이 무너져 내리는 걸 감추다
너는 뒤늦게 꽃을 피우리라

외갓집

잠결에 눈을 뜨고 방안을 둘러 본다
작은 상 위에 놓인 등잔불이 가늘게 흔들리고 있다

할머니는 혼자 깨어나
머리 빗어 올린 정갈한 모습으로
돋보기안경을 끼고 앉아 성경책을 읽는다

옷을 입는 기척이 느껴지다
뒤이어 사립문 여닫는 소리와
예배당 새벽 종소리가 아득하게 들린다
아이는 다시 잠에 빠져든다

아침 햇살에 잠에서 깨면
머리맡에 밥상이 놓여 있다
보리밥과 달걀찜이 상보에 덮혀있다

아이는 툇마루에 나와 앉아 외갓집 마당을 구경한다

마당에는 싸리비 빗질 자국이 선명하다

외양간 소 두 마리는 여물통 앞에서 아침잠에 졸고 있다
볏을 세운 장닭 두 마리 마당에서 모이를 쪼고 있다
감나무 잎은 눈이 부시게 반짝인다
장독대와 감나무 밑 대청마루 위로 풋감이 툭툭 떨어진다

할아버지와 할머니는 아침 일찍 논에 일하러 나갔고
해질 무렵에 돌아올 것이다
외손주에게 주려고 방아깨비 한 마리 잡아 올 것이고
가지와 오이를 따서 바구니에 가득 담아 올 것이다

유년 시절 외갓집 풍경이 수채화 되어 기억 속에 떠오른다

감성을 가늠하는 시선視線 혹은 에스프리

박영봉(시인, 문예대안공간 라온제나&갤러리 대표)

시는 시인의 삶과 궤적을 같이 하는 등가물이다. 문학작품들이 그러하듯이 시 역시 시인이 살아오면서 걸어온 길에 대한 자기 고백이다. 더 나아가 불분명한 현실에 대한 자기 정체성을 확인하는 작업이다.

그런 의미에서 시 쓰기는 과거를 호명하여 현재와 아우르면서 시인 자신의 삶의 범위를 확장시켜 주는 촉매제 역할을 해주기도 한다.

오영옥 시인의 시편들을 읽다보면 기존 시류에 물들지 않은 날것 냄새가 난다. 세련된 시어들이 아닌 누구도 범접할 수 없는 자기만의 독특한 아우라를 갖고 있다는 의미다.

사물과 세상을 바라보는 시선은 단절되어 있지 않고 서로 적당한 거리를 유지하면서 호흡과 보폭을 맞춰 걸어 나간다.

때로는 기억의 저편을 호명하여 시의 행간에 리얼리티로 펼쳐 보이기도 하고, 주변의 일상적인 순간들을 포착하여 서두르지 않고 새로운 시선으로 환기시켜 그

려나간다.

　유년의 풍경을 아련한 추억이나 한가로운 산책길,
그리고 현직 교사로 교육 현장에서 경험을 호명하고
복원하여 자기만의 시어로 직조해 낸 시편들이라 하겠다.

　창가에 음료수병
　햇살에 물방울이 돋보기 되어
　성분표가 눈에 들어온다

　국산 정제수, 혼합 농축액
　이스라엘산 구연산, 사과청, 천연향료
　칠레산 정제소금
　미국산 염화칼륨
　말레시아산 요소처리 루틴

　배열의 규칙을 찾으려 해도 알아낼 수 없다

　성분과 국가를 생각하며 지구본을 꺼내
　음료수 한 병에 들어 있는 여행길 쫓다 보니
　몇 개 나라를 거쳐 지구 반 바퀴 돌았다

　이 작은 한 병에
　내가 가보지 못한 나라 사람들 이야기가 들어 있다

「지구를 반 바퀴 돌다」 전문

상상력이란 정신적 능력과 비례한다. 그 이유는 어떤 대상에 대한 관찰은 상상력을 통해서 육화 되어 창조적인 힘으로 나타나기 때문이다.

오영옥 시인의 상상력은 놀랍다. 창가에 놓인 작은 음료수 병을 통해서 지구의 반 바퀴 여행을 한다.

이러한 상상력의 발현은 직관에 가깝다. 어떤 의미에서 시적 영감이라고 할까?

시인은 창가에 놓인 음료수 병에 붙은 성분표를 보게 된다. 비록 작은 병에 붙은 성분에는 여러 나라의 국적이 나열되어 있다.

국산 정제수, 이스라엘산 사과청, 칠레산 정제 소금 등, 음료수에 첨가된 성분들을 읽다가 지구본까지 꺼내 한번도 가보지 못한 나라로 여행길에 나선다. 그리고 「지구를 반 바퀴 돌다」라고 유쾌한 제목을 붙인다.

시인은 음료수 병에 붙은 국가별로 첨가된 성분표를 읽다가 구체적인 심상을 통해 한 편의 시로 형상화시킨 셈이다. 어떻게 보면 음료수의 성분표를 통해 자신이 가지고 있던 '지구는 하나' 라는 세계관을 재 확인하면서 한 편의 시를 그려 나갔다고 할 수 있겠다.

종일 딱지치기

딱지 대장 별명에 의기양양하다가

전학 온 친구에게 홀랑 잃고

억울하다 울면서 당신 품에 안겨 잠이 들었다

동네 짱구 아저씨
친구들과 몰려 다니며 짱구라고 놀리다가
집에 쫓아와 야단치던 아저씨에게 사과하고
부끄러움에 당신 품에 안겼다

솥뚜껑 호떡 만들었을 때
서로 큰 거 먹겠다고 다투었고
벌을 서다가 저린 다리 절뚝대며
치마폭에 우리들은 앞 다투어 안겼었다

골목길과 맞닿은 초록색 대문을 열면
오래된 감나무에 감꽃이 피어
저녁 무렵이면 마당을 환하게 비추었다

여름 해가 짧았던 답십리 그 집

「답십리 그 집」 전문

　오영옥 시인은 누구나 경험했을 법한 어린 시절을 호명하여 현재에 펼쳐 보인다
　어머니의 품은 무한한 사랑의 실체다. 초록색 대문과 저녁이면 마당에 서 있는 감나무에서 감꽃이 환하게 피었다는 진

술에서 보면 어머니와 집은 등가물이다.

　그런 의미에서「집」은 어머니「품」의 다른 이름이다.

　아이들에게 있어서 어머니의 부재처럼 두려운 일이 없으리라. 어머님의 품은 안식처이자 위안이다. 그래서 아이들은 밖에 나갔다 돌아와 집에 어머니가 계시지 않으면 불안감을 느낀다.

　시인은 무의식적으로「답십리 그 집」을 어머니와 동질화시키고 있다고 하겠다.

　시인은 '억울할 때'에도, '잘못을 하고 부끄러울 때'에도, '형제들 간에 다투고 벌을 받고' 나서도 어머니 품 안에 뛰어들어 위로를 받았다는 증언에서도 알 수 있다.

　'여름 해가 짧았던' 전언에서는 여름날이었지만 해가 짧게 느껴졌을 정도로 시간 가는 줄 모르고 보냈다는 진술에서는 아직도 그 시절을 그리워하고 있다는 자기 고백으로 읽힌다.

　창가 볕에서 눈부시게 피어나던 날
　그와 함께 하던 따뜻한 시간들을
　너는 기억하고 있구나

　그가 몇 달째 집으로 돌아오지 않아서
　이 자리에서 기다렸지
　자신의 몸이 여위어 가는 줄 모르고

안타까워 내가 키우기로 하고 데려와
베란다에 옮겨 놓고 바라보면서
이파리를 닦아주면서 물을 주었지

잎이 누렇게 변하고 가지는 말라갔어
화분을 엎어보니 까맣게 탄 뿌리가 보였지
너는 그의 모습을 놓지 못한 탓일까

너를 손으로 쓰다듬어 주던
마지막 손길이 닿았을 너에게
나는 그리움의 절정을 새기고 있다

「그리움을 베끼다-화초에게」 전문

식물도 느낌과 감정이 있을까? 그리움까지.

오영옥 시인은 주인을 잃은 관상용 화초와 이야기를
나누면서 시를 이끌어나간다.

이 시의 분위기로 봐서 화초를 키우던 사람은 다시는
돌아올 수 없는 먼 길을 떠난 것 같다.

혼자 남겨진 화초를 보고 안타까운 마음에 집으로 가
지고 와서 정성을 들여 키우려는 화자의 태도로 봐서
화초의 주인은 시인과는 무척 가까운 사이다.

'잎은 누렇게 변하고 가지는 말라갔다''까맣게 탄

뿌리가 보였지' 라는 증언에서 화초는 시인 자신을 대변하고 있는 것은 아닐는지. 지금은 없는 사람에 대한 그리움의 농도가 얼마나 깊은 지 가늠케 한다.

'너를 쓰다듬어 주었던 손길' '마지막 손길이 닿았을 너에게 '나는 그리움의 절정을 새기고 있다.고 진술함으로써 시인 자신이 느끼고 있던 그리움의 실체와 조우하게 된다.

그 대상이 시인이 쓴 다른 시편을 읽어보면 지금은 지상에 없는 어머니가 아닐까 싶다.

그런 의미에서 어머니 살아생전 함께 했던 시간들을 화초를 매개해서 어머니에 대한의 그리움으로 읽힌다.

시인은 주인을 잃고 시들어가는 화초를 관찰한다. 문득 자신의 그리움의 실체를 발견하게 되고 화초를 통해서 '그리움을 베끼다' 라고 전언하고 있다.

산길 오르는 발길을 앞장 서 팔랑거리면서
솔숲 오솔길로 안내하며 내 주위를 맴돌다가
나의 머리 위에서 한동안 떠나지 않는다

하늘 높이 날다가 다시 앞장선다
내 눈길을 끌다가 홀연히 어디론가 사라진다

나비가 떠나고 남기고 간 자리

날갯짓이 만든 잔영에 눈 앞에 그려지는 얼굴 하나

아, 그 아이
감기를 앓다가 응급실로 실려 가
하얀 시트에 덮인 채 홀연히 떠난 아이

태권도복이 어울렸던 눈망울이 예쁜 아이
웃을 때 보인 앞니 빠진 자리가 귀여웠던

너의 책상 위에 놓인 흰 국화꽃이 시들어갔지
그 해 핀 꽃들은 눈이 시리게 서러웠다

「흰나비 한 마리」전문

오영옥 시인은 교육자다. 그래서 교육 현장에서의 경험을 담아낸 시편들이 많다. 그러나 따뜻하다. 교육 자라면 누구나 갖추어야 할 덕목이 아닐까.

시인은 숲속을 산책하고 있다. 오솔길에서 흰나비 한 마리를 만난다. 나비는 시인의 길을 안내하듯이 한 동안 머리 위를 맴돌다 사라진다.

시인은 흰나비의 날갯짓이 망막에 잔영으로 남아 한 아이의 얼굴이 눈앞에 떠올린다.

'태권도복이 어울렸던 눈망울이 예쁜 아이' '웃을 때 보인 앞니 빠진 자리가 귀여웠던' 천진난만한 아이였다.

어느 날 감기를 앓다 홀연히 이승을 떠난 '하얀 시트에 덮힌 채 홀연히 떠난 아이' 얼굴 모습이다.

'너의 책상 위에 놓인 흰 국화꽃이 시들어 갔지'에서 국화꽃 역시 방금 눈앞에서 사라진 흰나비와 같이 흰색이다. 흰색은 고대 문화에서는 영혼을 상징한다.

그런 의미에서 시인은 흰나비를 통해서 아이의 영혼을 만나게 된 셈이다.

'그 해 핀 꽃들은 눈이 시리게 서러웠다'라는 진술에서 돌아올 수 없는 강을 건너간, 다시는 꽃필 수 없는 아이를 떠나보내고 한동안 심리적 번아웃 상태에 빠지지 않았을까? 그래서 시인에게는 그해 핀 꽃들이 눈이 시리게 서러웠을 것이다.

이 시는 교육자로써 뜻하지 않게 유명을 달리한 제자를 잃은 슬픔과 다시는 만날수 없는 아이에 대한 그리움이 물씬 배어 있는 시편으로 읽힌다.

둥근 스캐너에 몸을 맡기고 얼마나 시간이 지났을까
모니터에 불러낸 내 안의 모습을 의사가 보여준다

양파 껍질처럼 층층이 벗겨놓은 머릿속 사진
주름 잡힌 피부나 머리카락은 보이지 않았다

얽히고설킨 핏줄 사이 귀퉁이에 박혀 있는 점 하나
숨 가쁘던 순간에 풍선처럼 부풀어 올라
혹시 터질까 봐 은으로 공간을 채워 넣었다

마음 더 넓히고 겸손해 지라는
남의 허물은 한쪽 눈 감고 덮어주라는
언제 어디서든 두 손 모아 기도하는 것 잊지 말라는

머리 깊숙이 심겨진 묵주 한 알이 아닐까

「묵주 한 알」 전문

오영옥 시인은 건강상 이유로 어느 날 병원에 입원했
을 때 기억을 불러내어 한 편의 시로 이미화 시키고 있
다. MRI를 찍고 난 후 결과를 모니터를 보면서 의사
로부터 설명을 듣는다.

'얽히고설킨 핏줄 사이 머리 귀퉁이에 박혀 있는 점
하나'가 바로 통증의 원인이었다. 금방이라도 터질 것
같이 풍선처럼 부풀어 올라있다.

의사는 그 부분을 제거하고 빈 공간을 은으로 채워
넣었다.

시인은 '머리 깊숙이 심겨진 묵주 한 알이 아닐까'라

는 고백 한다. 이 얼마나 참신한 비약인가?

'묵주'는 가톨릭이나 불교에서 기도할 때 사용하는 도구다. 그러면 기도는 무엇인가? 신이나 절대자에게 자신이 바라는 바가 이루어지기를 비는 행위다.

오영옥 시인은 카톨릭신자다. 머릿속에 채워 넣은 '은'을 묵주로 삼고 남은 여생을 '마음 더 넓히고 겸손해 지라는' '남의 허물을 덮어주라는' 신의 계시로 받아들이고 있다.

다시 말하면 병원에서 의사가 치료 목적으로 머리에 심어 놓은 '은'을 「묵주 한 알」로 삼고 기도하면서 앞으로 삶의 이정표로 삼고자 한다는 의미이다

여기서 시인의 때 묻지 않고 순수한 신앙을 엿볼 수 있다.

외발자전거를 배우다가 혼자 되어 마음을 잡지 못하는 네 생각이 났어

두발자전거 보다 바퀴 하나로 타는 것은 훨씬 많은 연습과 노력을 기울여야 하는 것이 우리 삶과 닮았다고 생각했어 혼자 사는 것이 어렵지만 연습을 더 해야 할 것 같아

자전거를 타면서 넘어지지 않으려면 핸들을 잡고 속도를 적당히 내야 해 우리 사는 것도 닮았다고 생각하지 않아 혹시 손을 잡아 줄 이가 필요할 때 나에게 전화해 우리 힘내자

「균형잡기」 부분

시란 무엇인가? 누구나 자신 있게 대답할 수 있는 사람은 없다고 본다. 그러나 한마디로 요약해서 부언하면 절망이나 슬픔을 정직하게 통과하게 일깨워 주는 것이 아닐까

오영옥 시인은 어느 날 외발 자전거를 배우게 된다. 외발 자전거는 두발 자전거보다 균형을 잡기가 훨씬 힘들다는 사실을 우리는 알고 있다.

우리네 삶도 마찬가지다. 서로가 서로를 격려해 주고 위로와 응원을 아끼지 않는다면 험한 세상을 살아가는데 힘이 된다는 사실을 누누이 보아왔다.

시인은 '외발 자전거를 배우다 혼자되어 마음을 잡지 못하는 네 생각이 났어'라고 진술한다. 그렇다. 혼자 세상을 살아가는 일은 결코 만만치 않다

'자전거를 타면서 넘어지지 않으려면 핸들을 잡고 속도를 적당히 내야 해 / 우리 사는 것도 닮았다고 생각하지 않아'

핸들은 삶의 방향타다, 우리가 살아가면서 생의 방향타를 놓아 버리면 어떻게 되겠는가? 절망이 아니겠는가?

오영옥 시인은 혼자된 친구에게 혼자 사는 것이 어렵겠지만 더 많은 노력이 필요하리라고 귀뜸을 해주면서 핸들을 굳게 잡고 용기를 가지라고 격려를 아끼지 않고 있다. 여기서 '속도'는 다시 일어설 수 있는 용기로 읽힌다,

'혹시 손을 잡아 줄 사람이 필요할 때 나에게 전화해'라는 구절에서는 인간애가 무엇인지 묻게 되고, '잡아줄 손'에서는 인간적인 너무나 인간적인 에토스가 느껴진다.

시인의 시 구두 수선방, 아침 이별, 화해. 흰나비 한 마리 등을 접하다 보면 대상이나 사물을 바라보는 시각이 따뜻하다.

그런 의미에서 우리가 미처 인식하지 못하는 사각지대에 초점을 맞추고 시를 쓰는 시인이다.

첫 시집 상제를 축하하며 앞으로 한국 시단을 빛낼 시들을 쓸 수 있기를 기대해 본다.

답십리 그 집

오영옥 지음

초판인쇄 • 2024년 6월 30일
초판발행 • 2024년 6월 30일

발행인 • 박영봉
편집고문 • 김가배
편집인 • 박혜숙
펴 낸 곳 • 도서출판 **책마루**

등록 • 제388-2009-0001호(2009년 1월 2일)

주소 • 경기도 부천시 경인로 209(심곡본동) 3층
전화번호 070-8774-3777
모 바 일 010-2211-8361
전자우편 seepos@hanmail.net

ISBN 978-89-97515-36-3(03800)

값10,000원